ORAISON FUNÈBRE

DE S. A. LE

PRINCE IMPÉRIAL

PRONONCÉE LE DIMANCHE 13 JUILLET 1879

PAR

S. EM. LE CARDINAL MANNING

DANS

L'ÉGLISE CATHOLIQUE DE CHISLEHURST

NANTES

IMPRIMERIE MERSON, RUE DU CALVAIRE, 8.

1879.

ORAISON FUNÈBRE

DE S. A. LE

PRINCE IMPÉRIAL

PRONONCÉE LE DIMANCHE 13 JUILLET 1879

PAR

S. EM. LE CARDINAL MANNING

DANS

L'ÉGLISE CATHOLIQUE DE CHISLEHURST

NANTES

IMPRIMERIE MERSON, RUE DU CALVAIRE, 8.

1879.

ORAISON FUNÈBRE

DE

S. A. LE PRINCE IMPÉRIAL

PONONCÉE LE DIMANCHE 13 JUILLET 1879.

Par S. E. LE CARDINAL MANNING

DANS L'ÉGLISE CATHOLIQUE DE CHISLEHURST.

Chislehurst offrait hier dans son calme ordinaire un contraste singulier à l'animation de ces derniers jours ; cependant les cérémonies de la paroisse Sainte-Marie, l'église catholique romaine, furent suivies par un grand nombre de fidèles venus de Londres et arrivant de France. L'intérieur de l'édifice sacré offrait presque l'aspect de la veille : le velours violet du cercueil resplendissait dans le rayon de soleil qui brillait dans la nef, à travers les fenêtres de la chapelle sépulcrale de Napoléon III ; le drapeau national qui formait le touchant ornement de la bière pendant les funérailles avait été enlevé, et, à sa place, on avait étendu une large croix de fleurs blanches et lilas.

En dehors de la grille qui ferme la petite voûte contenant les restes du Prince Impérial, on avait déposé de nombreuses couronnes, quelques-unes de dimensions considérables, dont les fleurs fraîches répandaient un parfum pénétrant dans tout l'édifice.

Le cardinal Manning arriva vers onze heures ; mais il ne pénétra dans l'église que lorsque la messe eut été commencée par l'évêque de Southwark. Le cardinal portait des ornements magnifiques de couleur verte, sa mitre était ornée de pierres précieuses, un crucifix élevé le précédait, sa main retenait la crosse épiscopale. Lorsqu'on eut récité l'Evangile du jour, il se mit devant le maître-autel, sur la marche la plus rapprochée de l'auditoire, et commença son discours par l'énoncé de son texte :

(Standard du 14 juillet 1879.)

« Ce que je fais, tu ne le sais pas ;
» mais tu le sauras plus tard. »
Saint-Jean, XIII, 7.

Depuis que la mort est entrée dans ce monde, les morts ont été emportés et ensevelis dans leur paisible tombe, pendant que les affligés s'agitaient en dehors dans les champs et dans les rues ; des voix de lamentable sympathie ont retenti par tout l'Univers dans la longue chaîne des douleurs humaines : mais peu de voix ont été plus tendres, plus généreuses, plus universelles que celle de la désolation qui, hier, entourait cette tombe ; c'était la douleur d'amour de bien des nations, douleur pure et généreuse, partant du cœur et montant vers le trône de Dieu.

Quel étonnant mystère de la souveraine Sagesse, que de voir, mes Frères, un jeune homme si beau et si noble, si innocent et si brave, si élevé et si cultivé d'esprit, si attrayant dans ses manières, si séduisant dans ses discours, si humble dans sa dignité, si aimé de tous enfin ; quel étonnant mystère, dis-je, qu'il soit venu parmi nous comme un rayon du soleil d'avril, resplendissant un moment pour s'effacer à jamais, donnant une promesse lumineuse pour se disperser pour toujours dans un nuage. Chèrs Frères, je vous le dis, ceci est un secret de la souveraine sagesse de Dieu.

Je ne puis vous expliquer ce mystère ; mais il confirme les paroles de notre divin Maître : « Ce » que je fais maintenant, tu ne le sais pas ; mais » tu le sauras plus tard. » Jésus dit aussi à saint Pierre : « Tu ne peux comprendre en ce temps-ci ;

» mais viendra le jour qui expliquera toutes choses
» clairement. » Alors, mes Frères, dans cette lumière
inaccessible où se dérobent les desseins de Dieu, tout
nous sera révélé le jour où nous Le verrons face
à face.

Je ne puis parler aujourd'hui de ce monde,
ni des événements de ce monde. Les pensées
de nos cœurs doivent s'élever vers la sphère de
lumière éternelle ; mais une leçon nous est ensei-
gnée, et quelle est cette leçon ? Celle de la soumis-
sion à la volonté souveraine de Dieu, cette volonté
qui est parfait amour et parfaite sagesse, cette
volonté qui a été signalée par la mort que nous
pleurons si amèrement aujourd'hui...

Le Cardinal, alors, s'étendit quelque temps sur la forme
de l'action providentielle et sur la manière de se soumettre
à la Providence ; puis il continua :

... Telle qu'une mélodie dont les premières notes
nous reviennent, je veux répéter les premiers ac-
cents qui ont commencé ce discours, et ainsi
diriger vos pensées un instant dans une voie moins
haute que celle de ces vérités, pour retracer ce
grand chagrin qui nous a frappés par la perte de ce
noble et royal Jeune homme.

Il s'est évanoui à nos regards avec la fugitive

clarté d'un rayon, et a disparu à jamais de ce monde, et je vous ai dit que c'était là la douleur de bien des Nations.

Je doute que jamais avant ce jour une sympathie plus pure ou plus noble ait formé cortége à une tombe; je doute que jamais avant ce jour les nations de l'Europe aient été unies dans un sentiment aussi généreux d'affectueuse douleur pour la *Mère* solitaire, et de vénération pour le *Fils* étendu dans sa tombe d'honneur et de gloire. En vérité, mes Frères, partout où bat un cœur généreux, il y aura de la douleur; partout où palpite un cœur chrétien, il y aura des larmes; partout où vibre un cœur humain, il y aura des regrets; et je sais peu de choses plus belles que ce deuil de Tous, que ce deuil partagé par nos braves soldats anglais au cœur de fer, que ce deuil éprouvé par nos rudes et sensibles marins : eux qui, élevés sur leurs vergues, la tête nue en signe de vénération, voyaient passer, dans son linceul, notre vaillant Prince qui allait traverser les mers pour être enterré ici, au foyer insulaire. C'est là une noble douleur; oui, c'est là une douleur anglaise.

La France pleure, l'Angleterre ne pleure pas moins. Ce Prince était notre hôte; je dirai plus, il était *le nôtre;* nous l'avions adopté par l'hospitalité du foyer ; nous le comptions parmi nos Princes, et on s'en souviendra longtemps ici : longtemps il sera pleuré par nos Princes anglais, ceux-là mêmes qui, hier, entouraient son cercueil. Dans la maison nouvellement solitaire de la Mère dépouillée, l'Angleterre est venue soutenir la faiblesse maternelle. Oui, pas une mère, en Angleterre, qui ne s'unisse à cette grande douleur, et bien des mères cependant ont donné leur enfant dans cette sauvage et terrible guerre. Je sais que la jeunesse anglaise a été profondément émue du brillant exemple par lequel lui parle *le Prince Impérial ;* c'est pour moi une grande gloire et une consolation d'offrir, en un tel jour, ma propre sympathie, ce que je fais avec d'émouvants souvenirs personnels.

Je me souviens, et n'oublierai jamais, de la première et de la dernière fois où je causais avec ce jeune Prince : La première fois, un de mes vénérables prêtres avait eu l'étrange courage, je ne sais comment, de Le convier à l'ouverture d'une nouvelle école pour les enfants indigents de Londres. Avec cette humilité qui n'appartient qu'à la plus haute grandeur, et avec la modestie et la vraie humanité qui sont le partage d'un cœur catholique, Il répondit à cet appel ; je me rappelle comment, au milieu de cette humble fête, sa douce et affectueuse voix nous charmait tous : jamais je n'oublierai ce spectacle, merveilleuse vision dont on se souvient toujours.

La dernière fois que je vis ce jeune Prince, mes Frères, c'était au milieu d'une nombreuse assemblée : il y avait là des hommes d'État, des guerriers, des administrateurs de la puissance britannique, hommes de paix et hommes de guerre ; Il se leva, puis avec un grand pouvoir intellectuel, une précision de langage, une facilité de diction dans une langue qui n'était point la sienne, avec une éloquence vraie dans notre propre idiome, Il fixa l'attention des hommes éminents auxquels Il s'adressait. En vérité, on pouvait dire qu'ils étaient suspendus au charme de ses lèvres. Comme j'écoutais, je me disais intérieurement : Quelle sera la destinée de ce jeune homme ? Lui, qui a déjà tant de pouvoir pour réprimer et persuader les hommes !

C'est là, mes Frères, un des mystères de la souveraine volonté de Dieu. Nous n'en pouvons suivre la trame ; mais elle nous sera révélée plus tard. Ce Prince bien-aimé nous donne, en attendant, la révélation d'une voie que, sans lui, nous n'aurions jamais connue.

Après son départ, des mains affectionnées, qui longtemps le soignèrent, trouvèrent quelques lignes de sa propre écriture : comment les décrirais-je ?

Était-ce une prière à son Père Céleste ? Était-ce une oblation à son Divin Maître ? Était-ce, en un mot, le sacrifice de Lui-même ?

Je crois n'avoir jamais entendu une parole plus élevée, une parole indiquant plus clairement l'esprit de Dieu, guidant et inspirant l'âme humaine. Cela est plein de sacrifice personnel, d'abandonnement, d'offrande de soi-même, comme victime d'expiation ; Il crie dans son élan : « Frappez-moi, si quelqu'un doit être frappé ! »

Ah ! s'il y eut jamais un Fils de France, ce fut *Lui*.

Les Français sont une grande nation créée par des soldats et par des prêtres : Soldats investis d'un caractère sacerdotal, parce qu'ils étaient pleins de foi ; Prêtres revêtus d'un courage martial, parce que pas un ne craignait le martyre, mais le courtisait plutôt. L'esprit du soldat et du prêtre, guidant ce grand peuple, créa une forte nation.

Un dernier mot, mes Frères : J'ai parlé de la

douleur de plusieurs Nations et de la douleur de
l'Angleterre, de celle de sa Reine, de celle de ses
Princes, de celle de son Peuple ; mais il y a une
autre douleur dont je ne sais comment vous
parler.

Par quelle matinée radieuse *le Prince Impérial*
entra dans ce monde ? quelle joie pour *sa Mère* ?
Quelle joie surabondante quand le Vicaire de
Jésus-Christ le prit pour son fils d'adoption ? Quel
cortége de joies quand Il se développa chaque
années en stature et en grâces ?

Ah ! si jamais un fils fut digne de l'amour d'une
mère, ce fut *Lui ;* si jamais l'amour d'une mère
fut donné à un fils, et à un fils unique, cet amour
lui fut donné. Et maintenant, quelle désolation
pour cette *Mère ;* sa maison est solitaire, et Elle
est toute seule : cependant, mes Frères, non, Elle
n'est pas seule. Ceux quoi croient ne sont jamais
isolés ; ils s'avancent vers le mont de Sion, la cité
du Dieu vivant, la Jérusalem céleste ; ils vont
vers l'innombrable compagnie des anges, vers
l'assemblée générale des premiers-nés de l'Eglise,
dont les noms sont inscrits dans le ciel ; ils
rejoindront Dieu, le juge de tous, les esprits justes
devenus parfaits ; ils s'uniront enfin à la grande
nuée des confesseurs.

Cette *Mère* peut donc attendre avec certitude la glorieuse résurrection : alors la *Mère* et le *Fils* seront réunis dans la pleine abondance des joies éternelles. Ce n'est, mes Frères, qu'une petite attente ; les mots que Jésus prononça naguère, Il les répète aujourd'hui :

« Un peu de temps et vous me verrez, car je » vais vers mon Père. »

Qu'est-ce qu'une longue vie ici-bas ? Ce n'est qu'un instant passager comparé à cette vie future qui sera éternelle.

Ce discours fut écouté avec la plus profonde attention. A la fin du service, l'assemblée reçut la bénédiction apostolique transmise par le cardinal, et l'Eglise fut encore assiégée aux prières de l'après-midi, la plupart des deux cent mille assistants venus la veille voulant encore donner un témoignage de piété et de respect.

PRIÈRE PARTICULIÈRE

DE MONSEIGNEUR LE PRINCE IMPÉRIAL

Trouvée dans le Missel du Prince.

Mon Dieu ! je vous donne mon cœur ; mais Vous, donnez-moi la foi. Sans foi, il n'est point d'ardentes prières, et prier est un besoin de mon âme.

Je vous prie, non pour que vous écartiez les obstacles qui s'élèvent sur ma route, mais pour que vous me permettiez de les franchir.

Je vous prie, non pour que vous désarmiez mes ennemis, mais que vous m'aidiez à me vaincre moi-même, et daigniez, ò Dieu ! exaucer mes prières.

Conservez à mon affection les gens qui me sont chers. Accordez-leur des jours heureux. Si vous ne voulez répandre sur cette terre qu'une certaine somme de joies, prenez, ò Dieu ! la part qui me revient.

Répartissez-la parmi les plus dignes, et que les plus dignes soient mes amis. Si vous voulez faire aux hommes des représailles, frappez-moi.

Le malheur est converti en joie par la douce pensée que ceux que l'on aime sont heureux.

Le bonheur est empoisonné par cette pensée amère : Je me réjouis et ceux que je chéris mille fois plus que moi sont en train de souffrir !... Pour moi, ô Dieu ! plus de bonheur ; je le fuis ; enlevez-le de ma route.

La joie, je ne puis la trouver que dans l'oubli du passé. Si j'oublie ceux qui ne sont plus, on m'oubliera à mon tour, et quelle triste pensée que celle qui vous fait dire : « Le temps efface » tout. »

La seule satisfaction que je recherche, c'est celle qui dure toujours, celle que donne une conscience tranquille.

O mon Dieu ! montrez-moi toujours où se trouve mon devoir ; donnez-moi la force de l'accomplir en toute occasion.

Arrivé au terme de ma vie, je tournerai sans crainte mes regards vers le passé.

Le souvenir n'en sera pas pour moi un long

remords. Alors, je serai heureux. Faites, ô mon Dieu! pénétrer plus avant dans mon cœur la conviction que ceux que j'aime et qui sont morts sont les témoins de toutes mes actions. Ma vie sera digne d'être vue par eux, et mes pensées les plus intimes ne me feront jamais rougir.

Si je dois mourir, Seigneur, faites que ce soit pour sauver un des miens. Si je dois vivre, que ce soit au milieu des meilleurs.